AF320833

LES AMOURS DES ANGES

ORATORIO LYRIQUE ;

AIR FINAL DE VELLÉDA

OPÉRA EN DEUX ACTES ;

DUO FINAL DE CYMODOCÉE

OPÉRA EN CINQ ACTES.

Imp. Schneider et Langrand, r. d'Erfurth, 4.

LES AMOURS DES ANGES,

ORATORIO LYRIQUE.

PAROLES DE GUY DE L'ÉTANG.

MUSIQUE DE JEAN MICHAËLI.

Swedenborg raconte que, dans ses pérégrinations célestes, il rencontra une jeune fille, un ange, du nom de DOLORIDA, qui, après trois mille ans de prières, obtint de Dieu la rémission des fautes d'Idaméel, esprit tombé au jour de la grande chute. Cet esprit, avant cette époque fatale, lui était destiné pour époux, etc., etc.

Les auteurs de cet oratorio lyrique ont mis en action la légende du visionnaire suédois, n'ajoutant à ce tableau de la VIE ANGÉLIQUE que les groupes d'anges de lumière et de ténèbres, nécessaires pour faire ressortir les principaux personnages.

PERSONNAGES.

IDAMÉEL, ange de ténèbres.
DOLORIDA, ange de lumière.

CHŒUR D'ANGES DE LUMIÈRE.
CHŒUR D'ANGES DE TÉNÈBRES.

La scène commence au moment où les Anges de lumière, descendus de l'Empyrée, s'arrêtent aux portes de l'abîme.

CHŒUR D'ANGES DE LUMIÈRE.

Pâles habitants des ténèbres,
Esprits déchus, démons funèbres,
Pour dissiper la nuit qui recouvre vos yeux,
Pour vous rendre à jamais l'Eden des bienheureux,
Nous, du temple éternel, apôtres glorieux,
De l'auguste cité, chantres harmonieux,
Messagers des saintes phalanges,
Purs esprits, lumineux archanges,
Nous descendons du haut des cieux.

1845

IDAMÉEL, ange de ténèbres.

RÉCITATIF.

Et nous, nous vous crions, du fond de notre tombe,
    Élus railleurs, que voulez-vous?
Aux désirs de l'Enfer heureux est qui succombe!
    Anges, succombez avec nous.
La douleur et la nuit, dans le funèbre empire,
    Cachent d'indicibles amours;
Et mieux vaut un instant de fièvre et de délire,
    Que le calme de vos beaux jours.

AIR.

Dolorida! toi l'ange de lumière,
Pour qui des cieux je brave le courroux,
Unique idole, à qui mon âme altière
Voudrait offrir de l'encens à genoux;
Esprit vêtu des charmes de la femme,
Symbole pur de grâce et de beauté,
Viens sur mon cœur, dont tu souffles la flamme,
Goûter enfin l'ardente volupté.
    Je sens tous les feux de l'amour
        Brûler mon âme!
    Viens partager ma flamme:
L'abîme deviendra le plus heureux séjour!
    Suis-moi! ne me redoute plus,
        Si des ténèbres
      J'ai les regards funèbres;
Pour toi j'ai dans le cœur tout l'amour des élus!
    Pourquoi douter de ma tendresse,

Et pourquoi détourner les yeux?
Puisque, repoussant tous mes vœux,
Ton cœur est sourd à ma détresse,
Abjurant mon ivresse,
J'étoufferai l'amour dans mon cœur malheureux!
Je te maudis! Retourne aux cieux!

CHŒUR DES ANGES DE TÉNÈBRES.

Nous crions comme lui, du fond de notre tombe,
Élus railleurs, que voulez-vous?
Aux désirs de l'Enfer heureux est qui succombe!
Anges, succombez avec nous.
La douleur et la nuit, dans le funèbre empire,
Cachent d'indicibles amours;
Et mieux vaut un instant de fièvre et de délire,
Que le calme de vos beaux jours.

DOLORIDA, ange de lumière.

RÉCITATIF.

En vain, Idaméel, dans ton ardent délire,
Tu dédaignes l'amour du bienheureux empire;
Vainement, du Seigneur tu maudis la bonté;
Tu ne sais pas, hélas! que l'amour angélique
Est, pour l'élu du ciel, un autre viatique,
Une source de vie et de félicité.

AIR.

Quand Jehovah, touché par mes prières,
De ton orgueil pardonne les erreurs,
Quand il éteint le feu de ses colères;
Et prend pitié de tes longues douleurs;

Quand près de moi, ton épouse mystique,
Idaméel, tu peux vivre à jamais.
N'hésite pas : de l'amour angélique
Viens partager l'harmonie et la paix.

Viens ! les routes éternelles
Sont ouvertes devant toi.
Prends l'essor, ouvre tes ailes ;
Je t'en conjure, suis-moi !...
Nos deux âmes, réunies
Au pied des divins autels,
Pour toujours seront bénies
Dans des liens immortels.

Oui ! près de moi, ton épouse mystique,
Idaméel, tu peux vivre à jamais.
N'hésite pas : de l'amour angélique
Viens partager l'harmonie et la paix.

CHŒUR ALTERNATIF DES ANGES DE LUMIÈRE ET DE TÉNÈBRES.

LES ANGES DE LUMIÈRE.

Pourquoi fermer encor votre âme à l'espérance ?

LES ANGES DE TÉNÈBRES.

Pourquoi fermer encor notre âme à l'espérance ?

LES ANGES DE LUMIÈRE.

Aux divines clartés pourquoi fermer les yeux ?

LES ANGES DE TÉNÈBRES.

Aux divines clartés pourquoi fermer les yeux ?

LES ANGES DE LUMIÈRE.

Les pleurs, le repentir, les remords, la souffrance,
Ne sont-ils pas toujours le marchepied des cieux !

LES ANGES DE TÉNÈBRES.

Les pleurs, le repentir, les remords, la souffrance,
Ne sont-ils pas toujours le marchepied des cieux !

IDAMÉEL et DOLORIDA.

IDAMÉEL.

RÉCITATIF.

C'est assez de songe et de doute :
De ta voix mon cœur est l'écho.
Elle me charme, je l'écoute,
Elle m'enivrera là-haut.

DOLORIDA.

RÉCITATIF.

Au nom du Dieu qui te pardonne,
Du Dieu d'amour et de bonté,
Des anges reprends la couronne ;
Des cieux contemple la clarté !

IDAMÉEL et DOLORIDA, ensemble.

Un bonheur extrême
Pénètre nos cœurs
D'extase suprême,
De saintes ardeurs.
Dieu ! quelle allégresse !
Quelle piété !
Quelle chaste ivresse !
Quelle volupté !...

Des célestes époux l'extase immaculée
Illumine nos cœurs d'un rayon tendre et pur ;
Sur nos fronts resplendit l'auréole étoilée ;
Nos yeux du firmament réfléchissent l'azur.
L'Éternel a sur nous d'une nouvelle vie
Répandu la splendeur, la gloire et la beauté ;
Il bénit notre hymen, et sa voix nous convie
Aux banquets immortels de la félicité.

> Séraphique joie
> Du divin séjour,
> Notre âme se noie
> Dans des flots d'amour.
> Dieu ! quelle allégresse !
> Quelle piété !
> Quelle chaste ivresse !
> Quelle volupté !...

CHŒUR GÉNÉRAL DES ANGES DE LUMIÈRE ET DE TÉNÈBRES.

Chantons la gloire et les louanges
Du souverain de l'univers.
Mêlons nos voix aux chœurs des anges,
Mêlons nos voix aux saints concerts.

Chantons, chantons celui dont l'âme
Peuple et remplit l'éternité.
Qui des soleils créa la flamme,
Et fit de rien l'immensité.

Chantons la gloire et les louanges
Du souverain de l'univers.
Mêlons nos voix aux chœurs des anges,
Mêlons nos voix aux saints concerts.

Trois fois saint est du monde
Le maître radieux !
Il bénit, il féconde
Et la terre et les cieux.
Il anime, il varie
Le cercle de la vie.
En tout temps, en tout lieu,
Du couchant à l'aurore,
On le prie, on l'adore.
Hosannah ! gloire à Dieu !

Son amour est immense,
Sa grandeur est sans fin ;
Tout finit, tout commence,
A l'ombre de sa main.
Il anime, il varie
Le cercle de la vie.
En tout temps, en tout lieu,
Du couchant à l'aurore,
On le prie, on l'adore.
Hosannah ! gloire à Dieu !

AIR FINAL DE VELLÉDA,

OPÉRA EN DEUX ACTES

(IMITÉ DE M. DE CHATEAUBRIAND).

PAROLES DE M. PITRE-CHEVALIER.

MUSIQUE DE JEAN MICHAËLI.

RÉCITATIF.

Arrêtez ! arrêtez ! — Gaulois, posez les armes !
Romains, daignez m'entendre, et suspendez vos coups !
Au lieu de votre sang, laissez couler mes larmes ;
Si quelqu'un doit périr, hélas ! ce n'est pas vous.
Eudore est innocent : — le sort lui soit prospère !
Pour lui Velléda seule a parjuré ses vœux.
C'est moi dont la démence a fait mourir mon père.
En ce moment suprême, écoutez mes aveux.

AIR.

Quand le Romain, sous l'aigle altière,
Vint à nous, terrible et charmant,
C'est moi qui, l'aimant la première,
A ses pieds brisai mon serment.
Errant, la nuit, sous ma verte couronne,
Je l'appelais au bois silencieux.
Je lui disais : — « Veux-tu le trône ?
« Et j'armerai pour toi nos guerriers et nos dieux !

2

« Pour toi le gui du nouveau chêne
« Tombera, le matin, sous ma faucille d'or ;
« Pour toi jusques au sein de la victime humaine
« Je lirai l'avenir que Dieu nous cache encor ;
    « Pour toi dans la sainte fontaine
« Je tremperai trois fois la branche de verveine,
      « Qui défendra de toute haine
      « Ton cœur, mon unique trésor. »

S'il m'eût aimé comme je l'aime,
La fuite eût caché nos amours...
Sa pitié fut mon anathème ;
Déshonorée, — et par moi-même,
Je n'ai plus qu'à trancher mes jours !

Adieu ! dans ma fleur je succombe,
Sous le feu du premier rayon,
Pauvre moissonneuse, je tombe,
Fatiguée, au bout du sillon.
Me voici, Dieu vengeur du crime,
Sacrificateur et victime
Devant la pierre de l'autel.
Bardes, que votre voix sublime
Pour la dernière fois anime
Ce bras armé du fer mortel !
Et toi qu'en mourant j'aime encore,
Toi de qui mon ombre n'implore
Qu'une larme et qu'un souvenir,
Au rivage qui te rappelle
Emporte mon âme fidèle,
Et reçois mon dernier soupir !

DUO DE CYMODOCÉE,

OPÉRA EN CINQ ACTES

(IMITÉ DE M. DE CHATEAUBRIAND).

PAROLES DE M. PITRE-CHEVALIER.
MUSIQUE DE JEAN MICHAËLI.

———

EUDORE.

Enfin je vais mourir pour le Dieu que j'adore !
Victime abandonnée aux jeux du peuple-roi.
Tigres ! venez broyer la dépouille d'Eudore ;
Martyrs, ouvrez vos rangs au martyr de la foi !
Mais quelle voix m'appelle en cet amphithéâtre ?
Qui traverse les flots de ce peuple idolâtre ?
Une vierge chrétienne ici porte ses pas !
C'est elle, juste Dieu ! —Gladiateur, arrête !
Cieux où j'allais monter, fermez-vous sur ma tête !
    Cymodocée est dans mes bras !

CYMODOCÉE.

C'est moi ! vers vous je suis venue,
Pour vous sauver ou mourir comme vous !
    Ouverts à mon âme ingénue,
    Vos livres saints me disaient tous :

« Jusqu'à la mort suis ton époux. »
Et moi, vers vous je suis venue
Pour vous sauver ou mourir comme vous.

EUDORE.

Pour mourir vous êtes venue !
Mais si je meurs, je veux mourir sans vous.

CYMODOCÉE.

Avec vous je veux vivre, ou mourir avec vous.

EUDORE.

Cymodocée ! ah ! si tu m'aimes,
Je t'en conjure en frémissant,
Epargne à mes douleurs suprêmes
L'horreur de voir couler ton sang !
Où prendras-tu, faible chrétienne,
La force qui dompte l'effroi ?
Si ma foi tremble avant la tienne,
Seras-tu plus ferme que moi ?

CYMODOCÉE.

L'amour, qui faisait ma faiblesse,
L'amour même en sera vainqueur.
Que sur ton cœur ta main me presse,
Je serai forte sur ton cœur.
Là, je saurai braver la rage
Des lions aux regards sanglants.
Oui ! je trouverai le courage
Dans tes bras meurtris et brûlants.

EUDORE.

Enfant ! déjà le peuple gronde,
Les bourreaux vont lâcher les tigres furieux.

Va calmer la douleur profonde
D'un père dont tes jours sont le bien précieux,
D'un père qui mourra, sans que personne au monde
Soit là pour lui fermer les yeux !

CYMODOCÉE.

Mon père, détrompé par cette mort féconde,
Pour notre Dieu bientôt abjurera ses dieux !

EUDORE.

Tant de bonheur encor sur le sol des aïeux
Attendait la fille d'Homère !

CYMODOCÉE.

Qu'importe à la fille d'Homère
La joie ou la douleur de cette vie amère !
Tant de gloire aujourd'hui nous attend dans les cieux !

EUDORE.

Eh bien, viens chercher le courage
Dans mes bras meurtris et brûlants !

CYMODOCÉE.

Oui, je trouverai le courage
Dans tes bras meurtris et brûlants!

ENSEMBLE.

EUDORE.

Là, tu sauras braver la rage
Des lions aux regards sanglants !
Dieu t'a donné, vierge chrétienne,
La force qui dompte l'effroi.
Ma foi ne craint plus pour la tienne;
Tu sauras mourir comme moi !

CYMODOCÉE.

Là, je saurai braver la rage
Des lions aux regards sanglants !
Dieu m'a donné, vierge chrétienne,
La force qui dompte l'effroi.
Ta foi peut compter sur la mienne ;
Je saurai mourir comme toi !

EUDORE.

C'en est fait.

CYMODOCÉE.

Dieu le veut !

EUDORE.

C'est lui qui nous appelle.

CYMODOCÉE.

Qu'on nous livre à la mort !

EUDORE.

A l'immortalité !

CYMODOCÉE.

Sur cet anneau sacré que notre sang se mêle !

EUDORE.

Symbole de bonheur !

CYMODOCÉE.

Gage de liberté !

EUDORE.

Unis par le triomphe,

CYMODOCÉE.

Unis par le supplice ,

EUDORE.

Que notre chaste hymen, ici-bas commencé,
Dans le ciel aujourd'hui pour jamais s'accomplisse !
Grand Dieu, reçois l'épouse avec le fiancé !

ENSEMBLE.

Grand Dieu, reçois l'épouse avec le fiancé !

EUDORE.

Rome ! entends ma parole
Pour la dernière fois.
Tes dieux s'en vont ! ton Capitole
Ne renaîtra que sous la croix !
Oui ! tu viendras en ces lieux mêmes,
Reniant tes folles clameurs,
Adorer ce que tu blasphèmes,
Bénir le Dieu pour qui je meurs !

CYMODOCÉE.

Oui ! c'est ici le temple,
C'est l'autel nuptial !
Peuple immense qui nous contemple,
Sois notre cortége royal !
Que chantez-vous, ô chœurs des anges ?
C'est le chant des nouveaux époux !
Ouvrez-nous vos saintes phalanges !
Descendez au-devant de nous !

EUDORE

Cymodocée !

CYMODOCÉE.

Eudore !

EUDORE.

Prends ce bras fraternel !
Ame qu'en Dieu mon âme adore.
Allons au bonheur éternel !

ENSEMBLE.

Allons au bonheur éternel!

ENSEMBLE.

Oui ! c'est ici le temple,
C'est l'autel nuptial,
Peuple immense qui nous contemple,
Sois notre cortége royal !
Chantez, chantez, ô chœur des anges ,
L'hymne saint des nouveaux époux !
Ouvrez-nous, ouvrez vos phalanges,
Descendez au-devant de nous !

EUDORE.

Cymodocée !

CYMODOCÉE.

Eudore !

EUDORE.

Prends ce bras fraternel !

ENSEMBLE.

Ame qu'en Dieu mon âme adore,
Allons au bonheur éternel !

Paris. — Imp. SCHNEIDER ET LANGRAND, rue d'Erfurth, 1.